第 三 届 全 國 畫 院 優 秀 作 品 展 覽

2005 · 鄭州

第 三 届 全 國 畫 院 優 秀 作 品 展 覽

2005 · 鄭州

第三届
全國畫院
優秀作品展覽集

河南美術出版社

第三届全國畫院優秀作品展覽組織委員會

主 任

陳曉光　王菊梅

副主任

于　平　郭俊民　龍　瑞

委 員

(以姓氏筆劃爲序)

化建國　王　麗　馮芳喜　李運江　劉中軍　安遠遠

張江舟　趙　衛　封曙光　梅墨生　舒建新　琚青春

解永全

第三届全國畫院優秀作品展覽藝術委員會

主 任

劉中軍　龍　瑞　董文建

委 員

(以姓氏筆劃爲序)

王明明　王迎春　馬國强　方照華　馮　遠　孫景波

劉大爲　劉斯奮　李延聲　安遠遠　邵大箴　楊延文

張祖英　尚　揚　范迪安　郎紹君　姜寶林　趙緒成

施大畏　董小明　韓　碩　詹建俊　薛永年

目 次

致　詞

陳曉光

中華人民共和國文化部副部長

　　畫院作爲美術創作研究的專業機構，承擔着建設社會主義先進文化、繼承和發展民族美術事業的重任，是培養優秀創作人才、推出優秀作品的基地。新中國成立以來，畫院建設得到了長足的發展，廣大美術工作者以高度的社會責任感和强烈的使命意識，爲傳承發展中國畫的優秀傳統樹立了良好的學術風尚，爲我國文化建設做出了積極的貢獻。

　　全國畫院優秀作品展覽，是畫院系統的重要活動，對加强全國畫院系統的創作和研究、展示畫院藝術創作成果、推動各畫院之間的藝術交流、促進美術創作繁榮具有十分重要的積極作用。

　　本屆全國畫院優秀作品展覽以"和諧之境"爲主題，藝術家們在表現時代主題、保持鮮活的現實感受、追求深刻的精神品質等方面做出了有益嘗試。我相信，畫院藝術創作能够以優秀的作品質量，通過深入的學術探討，打造當代美術創作精品，爲弘揚民族精神、促進美術創新發揮積極的作用。

　　祝全國畫院優秀作品展覽取得圓滿成功，祝全國畫院工作取得更大成績。

二〇〇五年十一月十八日

致 詞

由文化部主辦、中國畫研究院和河南省文化廳承辦的第三屆全國畫院優秀作品展覽，是全國畫院系統最高規格的美術大展，是國家最具影響、最具權威性和學術性的重要美術活動之一，對于推進全國美術創作的繁榮和發展具有十分重要的意義。

河南地處中原，歷史文化積澱深厚。近年來，河南省委、省政府站在貫徹"三個代表"重要思想、落實科學發展觀、構建和諧社會的高度，加大先進文化建設力度，努力實現由文化資源大省向文化產業大省、文化強省的跨越。在文化部領導的關心支持和全國文化藝術界同仁的大力幫助下，河南文化體制改革全面展開，精品藝術生產捷報頻傳，公共文化服務體系逐步完善，文化產業發展方興未艾，文化市場開放有序，對外文化交流進一步活躍，文化遺產保護全面加強，河南文化綜合實力和影響力在不斷提高，文化建設呈現出欣欣向榮的良好局面。

河南在歷史上就是書畫藝術比較發達的地區，從甲骨刻辭到龍門二十品，從"畫聖"吳道子到神筆王鐸，從宋代山水巨匠荊浩、郭熙到現代著名畫家謝瑞階、李伯安，名人輩出，名品迭現。改革開放以來，河南書壇畫苑新風撲

王菊梅

河南省人民政府副省長

3

面，河南廣大美術工作者堅持黨的文藝方針，深入生活，深入實際，勤奮耕耘，不斷創新，追求創作手法、材質、技術多樣化，積極介入全國乃至世界重大美術活動，創作水平進一步提高，涌現出一批功力扎實、技法嫻熟、勇于探索和創新的美術家和優秀美術作品，屢屢在國內外大展獲得佳績，爲河南贏得了榮譽。爲給全省書畫藝術的創作、展示創造良好的環境，最近，我們正在河南藝術中心建設高水平的美術館，并着手全面解決河南美術館的編制、經費問題。這些措施將對全省的美術創作起到積極的推動作用。

此次在我省舉辦的全國畫院優秀作品展，既是對我國畫院系統創作成果的一次檢閱，也爲我省廣大文藝工作者提供了一次難得的學習機會，對打造當代美術精品，促進美術創新與發展，推進河南文化建設，將發揮積極的作用。體現了文化部對河南文化事業尤其是美術創作的極大關心和高度重視。

目前，河南正在致力建設文化强省，這不僅需要我們在基礎設施建設方面有較大的提高，更需要我們在文化建設的各個領域都取得實質性的進展和突破。感謝文化部爲我們提供了這么好的一個機會，我們將以此爲契機，通過學習借鑒全國畫院美術創作的成功經驗，取長補短，推進河南美術創作和研究工作取得新的進步，再上新的臺階。

祝第三屆全國畫院優秀作品展取得圓滿成功！

二〇〇五年十二月八日

創造和諧之境的意義

龍 瑞

中國畫研究院院長

在新的時代背景下，作爲政府主辦的專業創作與研究機構，國內各級畫院爲繁榮當代文化藝術做出了突出的貢獻。"第三屆全國畫院優秀作品展覽"的參展作品均是從全國畫院畫家們的新作中選取的佳作，這些作品以多姿多彩的面貌，反映了當前美術創作的繁榮局面，也反映出藝術家對"和諧之境"的自覺追求。

我們追求和諧的境界，不單是現實社會中存在着一些不和諧的因素，比如文明衝突、貧富差距、自然環境遭到破壞等問題，而是想借此提升藝術創作的精神境界。所以，我們的創作既探討藝術的社會功能，也思考藝術的本體問題，力圖從矛盾對立走向矛盾互補，從文明衝突走向文明融合，同時廣泛檢視美術的形式語言，拓展其表現力，實現藝術本體的協調與完美。

創造和諧之境，首先要關注人與現實的和諧。這就要求美術家的創作不僅要正確地反映現實，還要對現實生活做出評價，并由此表達對人生與社會的理解，提出自己的理想與願望。祇有做到這一點，我們纔能以優秀的作品去鼓舞人，促進人與現實社會的和諧。在這方面，美術創作要充分發揮其認識功能和教育功能。當然，美術的教育功能并非靠概念化、說教的方式來實現的，一件作品并非披上道德觀念的外衣就能達到感人的目的，藝術形象必須以恰當的方式與某種觀念結合在一起纔能發揮其教育功能。美術作品的教育功能也并非祇靠主題性的人物畫纔能實現，從最根本的意義上而言，美術的教育功能體現在它使人們對自然、人生、社會確立積極的態度。所以，無論是國畫中的山水畫、花鳥畫、人物畫還是西畫中的人物畫、風景畫乃至静物畫，都可以從不同的角度激發人們對生命的尊重，對苦難的同情，以及對自然的熱愛。藝術的發展與現實社會中的政治環境、經濟環境息息相關，古今中外概莫能外。中國當前正處在改革開放全面深化的歷史階段，經濟體制的變化，不僅帶來經濟生活的重大變化，也導致人們的生活方式與精神需求發生深刻的變化。市場經濟的繁榮無疑爲當代美術提供了豐厚的物質土壤，但是不容忽視的是，現階段的藝術也有被商業意識"异化"的趨勢。當然，也應該看到，藝術的商品化不是今天特有的現象，商品意識的强化也并非祇帶來消極後果。從某種意義上來説，清中葉的"揚州畫派"與清末民初"海派"就是商品經濟的產物。然而，上述畫家在世俗的環境中都有"脱俗"甚至"超俗"的表現，其作品成爲傳世經典之作也是必然的。因此可以說，藝術作品品位的高低，藝術作品社會影響力的大小，關鍵取決于藝術家個人的素質。我們并不否定藝術家個性的重要性，也不否認當前某些作品有一定的探索意義，但是如果它們脱離了具體的社會環境而純然表現出孤傲與浮躁，其藝術價值就值得懷疑。今天的藝術家應該抓住機遇，借改革開放之潮，從豐富多彩的社會生活中汲取營養并以創造性的成果來反映現實，弘揚真善美，從精神層面上引導人們，努力促進人與現實的和諧。

創造和諧之境，還要關注人與自然的和諧。以美術的形式表現人與自然的和諧，并不是簡單地讓美術圖解環保，而是要使藝術成爲溝通、表現人與自然萬物情感的方式。對于這一點，中國傳統美學思想已經爲我們今天的創作做了深厚的鋪墊。與西方文化中人與自然冷冷相對的觀念相比，中國文化一直保持着“天人合一”的思想傳統，它傾向于把心與物、自然與社會視爲不可分割的統一體，這樣，“自然”這一概念就遠遠超越了“客觀外物”的狹隘範疇。道家美學思想推崇不加雕琢的“自然”之美，認爲“天地有大美而不言”，將審美對象無限擴展到天地有節奏的沉默運行以及萬物的無言生長，這體現出對自然規律的尊重。道家的“無爲”與“虛静”也不能片面地理解爲“消極避世”，它其實反映了人對心靈自由的向往。應該説，在現代社會，這種理想仍有存在的合理性，甚至值得特別重視，祇是“人與自然”的關系必須被重新審視和闡釋。人與自然的關系一直是山水畫、花鳥畫的主要表現內容，山水畫既是“游于心”的載體，也是“游于藝”的載體，在新的時代，必須在兩者之間尋找平衡點，這個平衡點就是要突出現代人對自然的認識，對社會的認識。中國文藝本來就有“感時傷物”的傳統，文人畫士往往借自然景象抒發情懷，藝術成爲溝通主觀心境與客觀萬物的紐帶，人與自然借藝術獲得了某種和諧。也正是因爲這一點，藝術纔獲得了極大的表現力。不過，囿于時代，傳統文人的借物抒情往往局限于對有限人生的感嘆。而在今天，我們則要超越歷史的局限，以大視野、大手筆反映人與自然的關系。我們的創作必須反映人對自然的親近與敬畏，體現人與自然的和諧共存。

創造和諧之境，不能忽視藝術語言的和諧。“和而不同”是儒家美學思想的核心内容之一，它尊重差异，但更强調整體的兼容與互補。我們認爲，和諧是動態的融通，"和諧之境"也不可能用某種固定的、單一的程式來表現。藝術語言的和諧，既體現爲形式語言在某一美術種類內部的協調，還體現爲不同畫種、不同風格在高層次上的互補通融。美術作品是內容與形式相互融合、相互滲透的統一體，形式是內容的外在表現，是作品內容的組織結構。"藝術語言"這一概念包括兩層意思，第一層意思涉及物質材料和技法，如國畫中的運筆用墨，油畫中的筆觸、明暗關系、色彩，木刻版畫中的刀味、印味，等等；第二層意思涉及創作手法，如寫實、誇張、象徵，等等。在美術中，每一門類都有自己特定的語言，都有自己特定的審美價值取向，這是無數美術家在漫長的實踐中逐步積纍起來的，它一旦形成，通常就以相對穩定的方式保存下來。藝術語言的和諧還表現出一定的歷史性，即不同時代對形式上的"和諧"有不同的理解，對此要作辯證地理解與分析。我們贊同藝術家在形式上的大膽探索，但這并不意味着鼓勵那些徒然炫人耳目的"創新"，因爲任何創造都必須在繼承傳統的基礎上展開。可以不誇張地說，藝術每往前行進一步，往往都伴隨着向後的溯本窮源。我們倡導藝術創作的多樣性，這是因爲不同的思想內容必須借不同的形式、不同的樣式體裁纔能得以充分表現，這就需要藝術家們去充分發掘藝術語言的潛力并以之鮮明地表現作品的內容，各美術種類之間揚長避短，相互借鑒，優勢互補，以求得和諧共生的繁榮格局。當然，在歷史上，各種美術樣式、門類、體裁的發展是不平衡的，每一個時代都有其突出的門類和體裁，都有反映時代面貌的主流風格。因此我們既提倡多樣化和尊重藝術個性，也倡導能真正代表我們這個變革時代升騰氣象的主流風格，這就要求美術家主動參與時代精神的創造。

今天的藝術創作無疑是繁榮的，但藝術本體"失範"進而"失和"的現象也不容忽視，而和諧思想則爲擺脫困境提供了理論支持。和諧思想具有豐富的內涵，對于藝術創作而言，它主要寓含着對藝術規律和審美規律的尊重，是調整藝術與現實關系的良方。作爲本屆展覽的主題，"和諧之境"體現了畫院系統的美術家將"建構和諧社會"觀念導入文化領域的初步嘗試，這雖然祇是一個開端，但我們相信，它的效應將在以後逐步顯現出來。

二〇〇五年十一月十八日

最佳·中國畫·油畫
作品

2　　　　　　　　　　于新生　山東省 **金秋** 230cm × 200cm

王珂
中直
雪晴
178cm × 90cm

喫小米飯繳三八槍
乙酉
孟奇

王孟奇
上海市
吃小米飯、繳三八槍
235cm × 96cm

王辅民　甘肃省　**阿尼玛卿的歌**　137cm × 198cm

石峰
中直
烟浮遠岫圖
250cm × 125cm

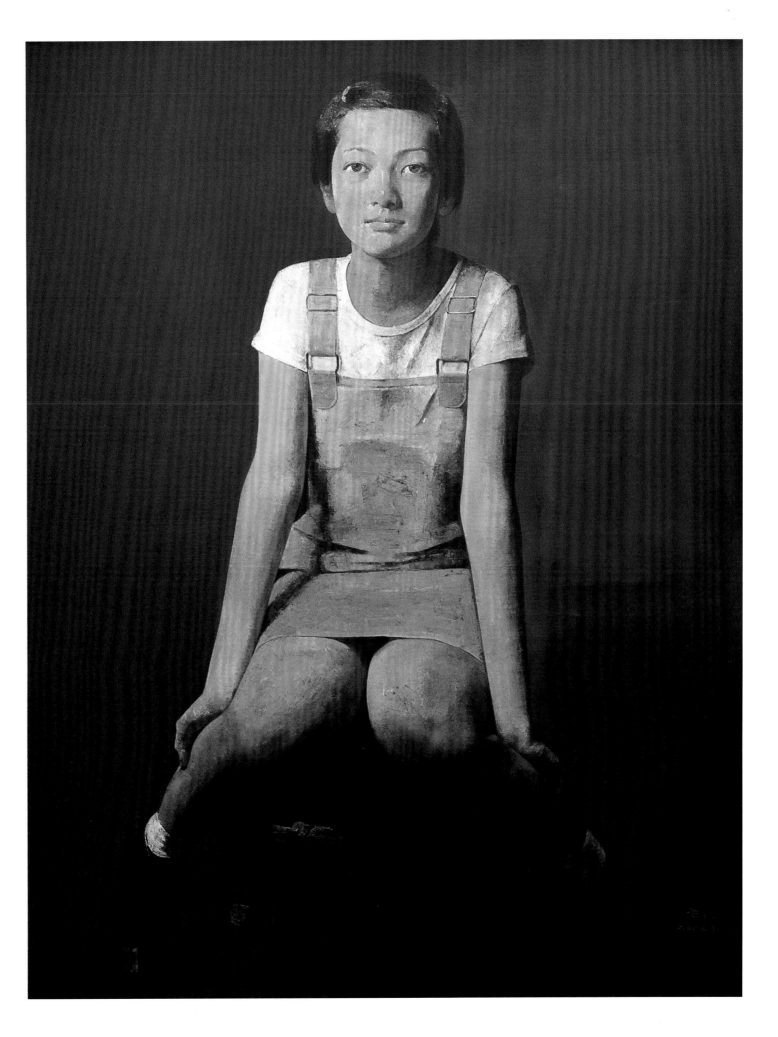

孫洪敏 廣東省 **女孩** 120cm × 100cm

朱松發
安徽省
山水
179cm × 96cm

何曦
上海市
二手系列·之三
185cm × 96cm

張力 山西省 礦山安檢隊 160cm × 180cm

張偉民　浙江省　**廖江秋色**　140cm × 140cm

張江舟 中直 **澹月清辉** 207cm × 193cm   張寶松 河南省 **詩韵圖** 228cm × 158cm

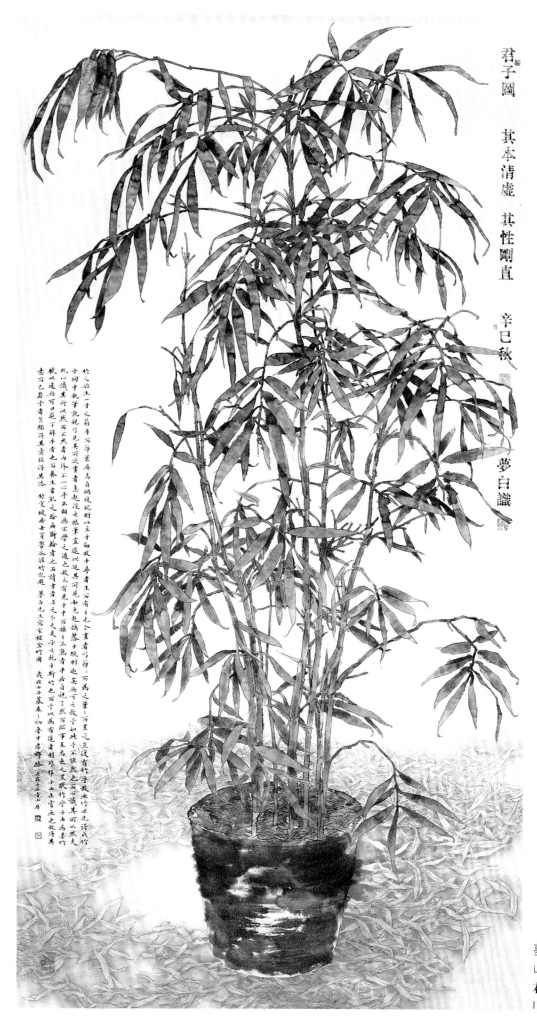

君子圖　其本清虛　其性剛直　辛巳秋　夢白識

竹之始生一寸之萌耳而節葉具焉自蜩蝮蛇蚹以至于劍拔十尋者生而有之也今畫者乃節節而為之葉葉而累之豈復有竹乎故畫竹必先得成竹于胸中執筆熟視乃見其所欲畫者急起從之振筆直遂以追其所見如兔起鶻落少縱則逝矣與可之教予如此予不能然也而心識其所以然夫既心識其所以然而不能然者內外不一心手不相應不學之過也故凡有見于中而操之不熟者平居自視了然而臨事忽焉喪之豈獨竹乎子由為墨竹賦以遺與可曰庖丁解牛者也而養生者取之輪扁斲輪者也而讀書者與之今夫夫子之託于斯竹也而予以為有道者則非邪辛巳冬暮于斯竹也百分之一也故畫竹必先得成竹于斯竹

夢白先生寫實竹圖戊寅十年冬暮三初臺中李鼎彝　長安王壽山房

山東省君子圖
176cm × 96cm

李明　河南省　**邙岭艳阳秋** 123cm × 123cm

李東偉 廣東省 **中國鄉村故事系列之一** 185cm × 145cm

李寶林
中直
高山村寨
184cm × 103cm

楊剛
北京市
轟
148cm × 90cm

18

陈鹏
中直
雨林清韵
243cm × 124cm

20　　　　　　　　　　　　苗再新　中直　**兒女英雄** 145cm × 245cm

南海岩 北京市 晨 143cm × 182cm

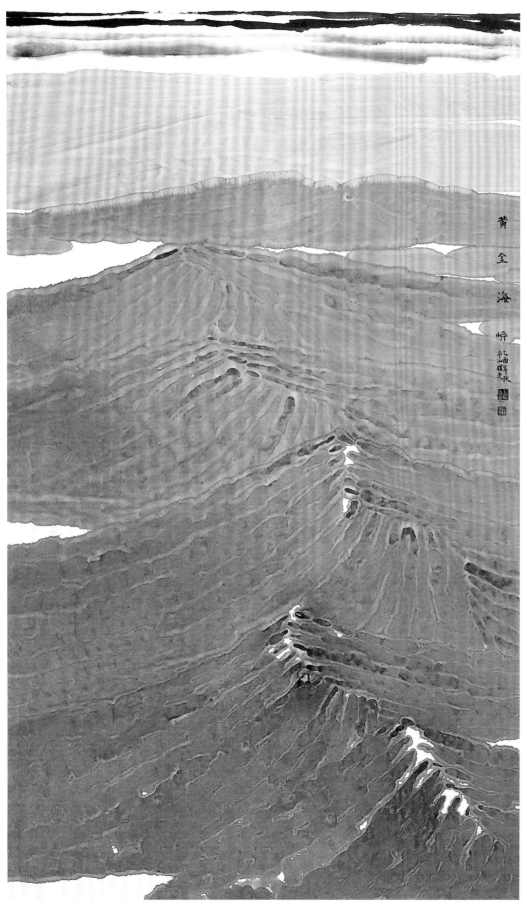

封曙光

河南省

黄金海岸

180cm × 90cm

賀榮敏 陝西省 **血的印迹** 180cm × 144cm

井冈山之硃砂冲 乙酉歲夏趙衛書

趙衛
中直
井冈山之硃砂衝
248cm × 126cm

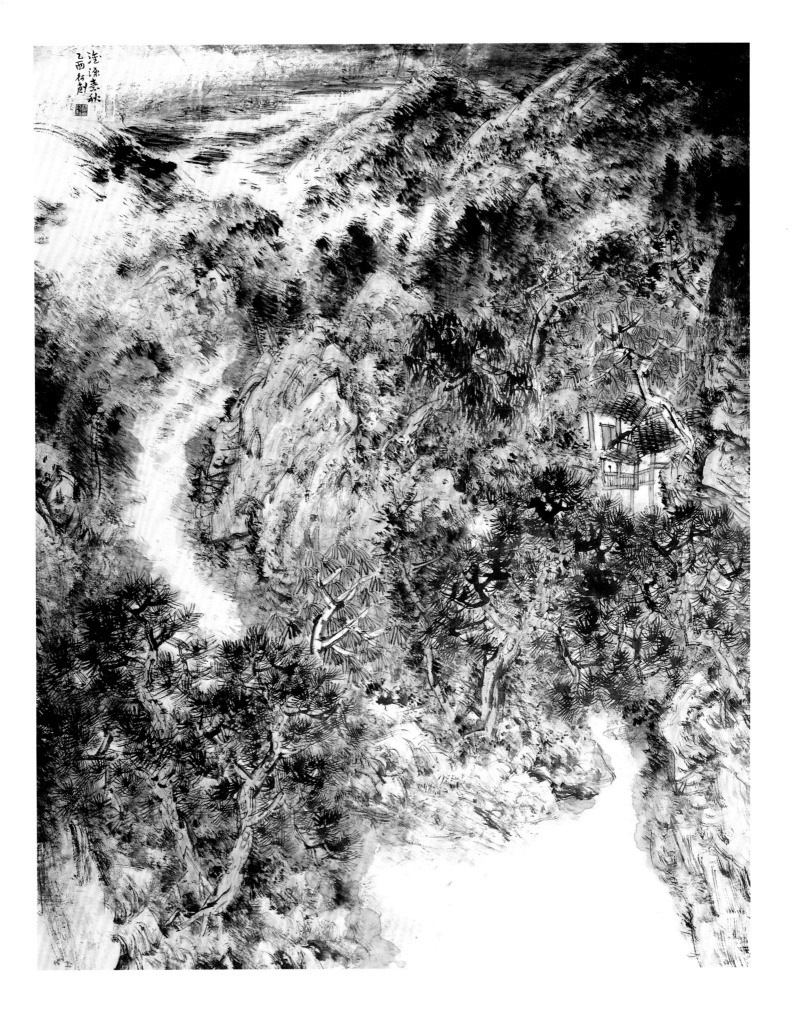

桂行創　河南省　**淮源素秋**　182cm × 144cm

郭宁　福建省　金色家园　91cm × 122cm

郭全忠 陕西省 **选村官** 190cm × 134cm

梁元 江蘇省 雲游家園圖 190cm × 175cm

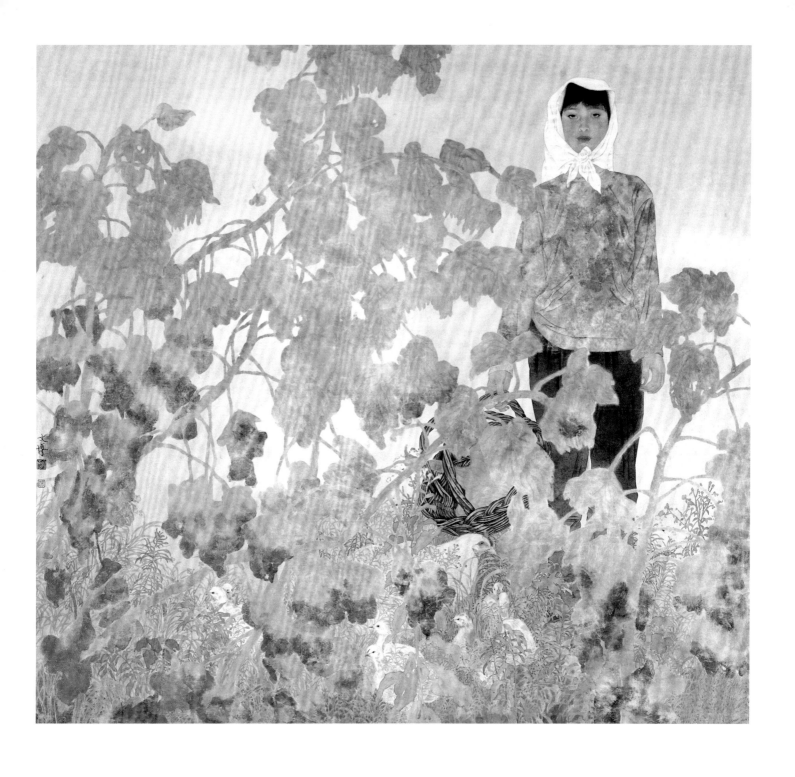

梁文博　山東省　驕陽 180cm × 200cm

黄茂强 廣東省 **被鐵鐐纏繞着的槍** 53cm × 135cm

謝冰毅
河南省
晴雪
182cm × 144cm

中國畫
作品

卜昭禹 吉林省 **冰清玉潔** 180cm × 139cm

上官超英　山東省　**閙春**　190cm × 177cm

于文江 中直 **草原牧歌** 145cm × 135cm

于長江
廣東省
畫説深圳
276cm × 246cm

海子湖客四
盡道客四
浮生世代
相遇分
忙年
再影歷
應依
鬢雪
語頻
孤荻鶴
天黃
除黃浦
觀潮
水

当痕
難後良
晨邀
谊聚
頃殺記身
益
終殺記
榮友月辛
泉
当

　　　　于希寧　山東省　**綠梅** 84cm × 88cm

馬龍　中直　**雨湿秋塘**　133cm × 134cm

馬小娟 上海市 **午夜** 182cm × 143cm

馬泉藝 新疆 雪漫荒原迎春歌 97cm × 179cm

馬唯馳　河北省　**深秋細語圖**　146cm × 110cm

豐碩 河北省 **野・生態・融** 110cm × 144cm

44　　　　　　　　　　　化建國　河南省　春　136cm × 140cm

尤捷　江蘇省　**荷塘月色**　80cm × 90cm

文柳川 河南省 **清遠** 69cm × 137cm　　　　方土 廣東省 **海風** 180cm × 120cm

方向 廣東省 **行雲圖** 180cm × 180cm

毛國倫　上海市　**下太行**　162cm × 188cm

王偉 吉林省 **晴雪** 149cm × 157cm　　　王濤 安徽省 **古意四條屏** 135cm × 88cm

王颖 青海省 **秋趣** 80cm × 82cm

王衛平
天津
花鳥
270cm × 67cm

国学大师 王国维 谓古今之成大事业大学问者 必经过三种之境界 昨夜西风凋碧树 独上高楼 望尽天涯路 此第一境也 衣带渐宽终不悔 为伊消得人憔悴 此第二境也 众里寻他千百度 蓦然回首 那人却在 灯火阑珊处 此第三境也

甲申初夏蓍笔 国学大师王国维先生像 赵维书

王爲政

北京市

國學大師王國維

180cm × 98cm

54

王仁華
安徽省
粉墨登場
226cm × 73cm

王雙鳳　福建省　**天涼好個秋**　90cm × 122cm

王天任 河北省 **雪沐山莊** 110cm × 180cm

王文芳 北京市 **太行秋色赋** 184cm × 145cm

王永亮
中直
金色山川
244cm × 122cm

王玉珏
廣東省
雨後
132cm × 66cm

王華興　河北省　**金秋十月白絮飄** 140cm × 201cm

王慶吉 甘肅省 隴塬秋緒 167cm × 145cm

王有政　陕西省　**老家**　175cm × 135cm

王西京　陕西省　**陈毅诗意** 154cm × 145cm

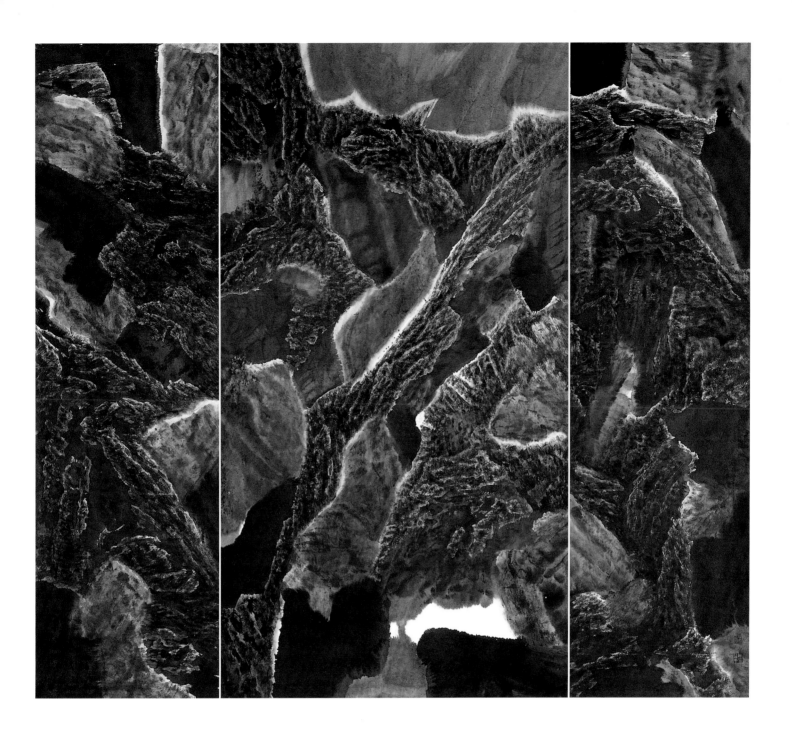

王作千　遼寧省　夢幻之地　167cm × 188cm

王忠才 貴州省 **夢繞侗鄉** 147cm × 123cm

山寨長夏風日清
丙戌秋月寫湘西印象
金石

王金石
湖南省
山寨長夏風日清
180cm × 96cm

峰静烟云 乙酉初夏初頃月皇华书画 □

王贵华
河北省
峰静烟云
145cm × 110cm

王德亮
山東省
儒鄉韵
218cm × 137cm

車鵬飛 上海市 **黃河東渡圖** 184cm × 143cm 　　鄧子敬 廣東省 **碧波蕩漾海之角** 180cm × 124cm

碧波荡漾之沁角　乙亥孟春写陈晖峰画院画室　琼州飞砥

鄧遠坡
中直
鳴春
180cm × 95cm

鄧嘉德
中直
暮歸
169cm × 90cm

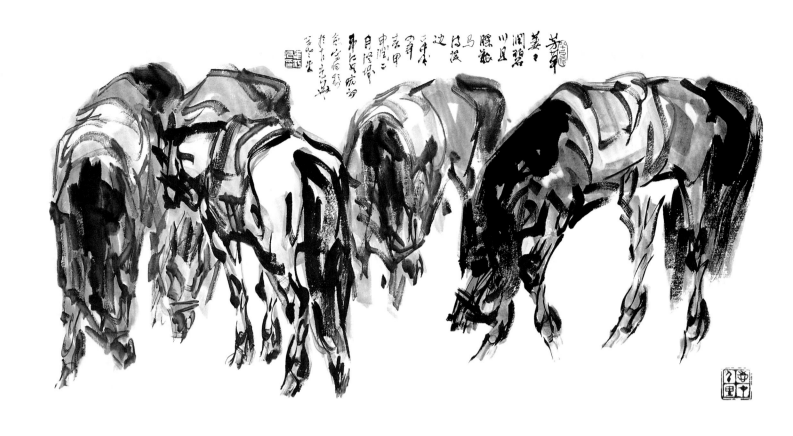

韋江凡 北京市 **蓄銳待征程** 51.5cm × 100cm

馮杰
江西省
雨前·南昌
366cm × 144cm

红莲赋 今松 会今武昌 华中村

馮今松　湖北省　紅蓮賦　70cm × 140cm

盧平　北京市　御園古柏　96cm × 179cm

葉其青 廣東省 **甜妹** 180cm × 140cm

田雲鵬 河北省 **春暉** 142cm × 110cm

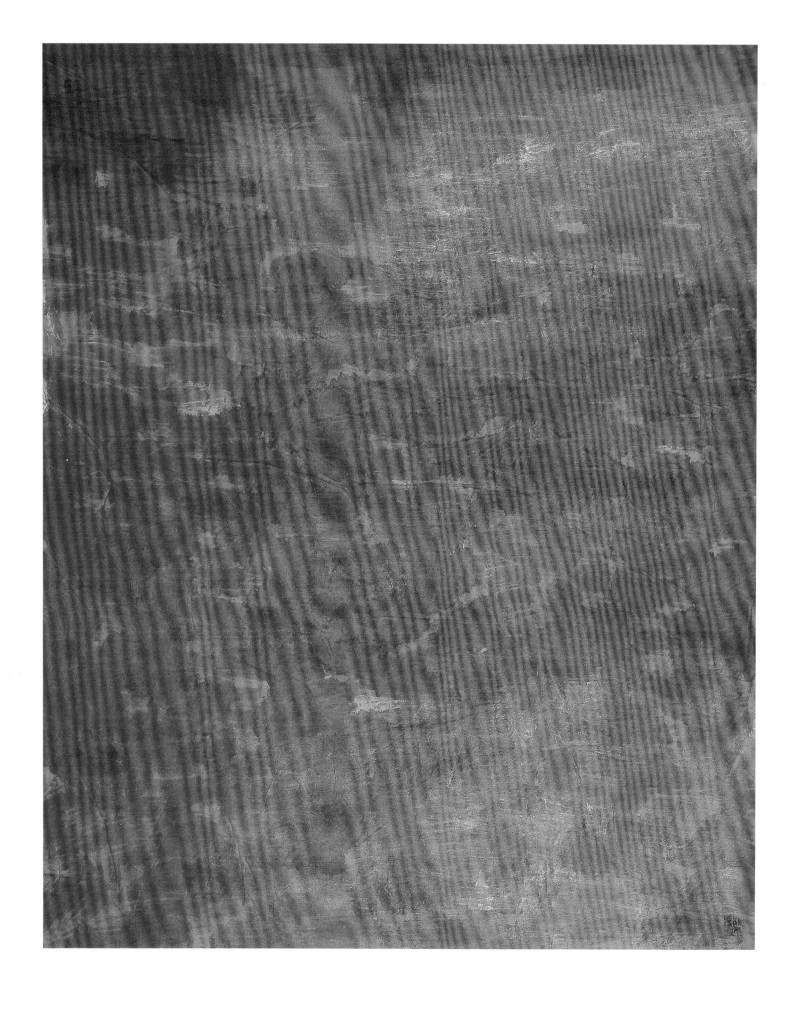

申少君 中直 **紅色系列** 256cm × 204cm

石曉　江蘇省 **閑** 68cm × 79cm

龍清廉 新疆 **喀什賣木人** 190cm × 790cm　　任保忠 天津 **春風又綠江南岸** 171cm × 140cm

任曉軍 山西省 鑿開大山的人 192cm × 190cm

伍啓中　廣東省　**沙田雨**　179cm × 197cm

關偉 廣東省 **群山寂然** 180cm × 180cm

劉昆
中直
遺存的訊息
249cm × 124cm

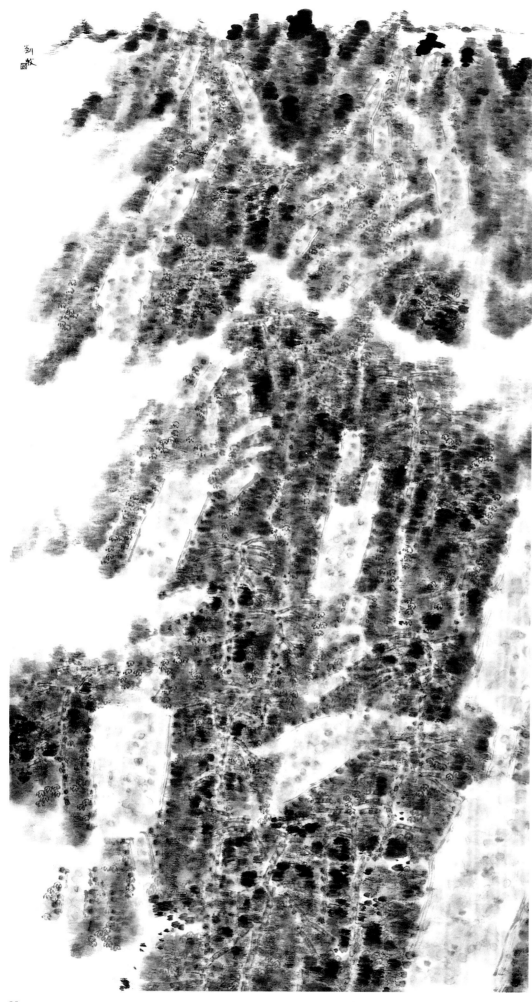

劉牧
中直
山牧
180cm × 97cm

劉罡　山東省　**開元禪雲**　145cm × 190cm

劉書軍　山東省　**中流砥柱**　178cm × 190cm

劉永杰　陝西省　**收破爛的兩口子**　135cm × 135cm

泰山蒼松

偃蹇不壽瘠背土脊戀戀宗舊容顏立頌登泰山天六詎知蒼松甲蓑山乙酉大吉之年仲秋佳節於東蓬院篆琅琊山人劉寶純並題

92

劉寶純　山東省　泰山蒼松　190cm × 130cm　　　　劉選讓　中直　神秘巴圖　135cm × 135cm　　　　93

吉瑞森 河北省 **幽谷禽鳴** 178cm × 160cm

吕廣欣　山東省　趕場　180cm × 180cm

孙宪
江西省
井冈山黄洋界
178cm × 96cm

孫雨田　山東省　**茶聖陸羽**　80cm × 100cm

王芳 孫曉東 河北省 **太行極頂** 200cm × 200cm

孫海峰　浙江省　曉月驚鴉圖 132cm × 264cm

莊小雷
北京市
永恒的記憶
239cm × 121.5cm

朱敏
上海市
雨後
135cm × 67cm

朱春秧　浙江省　翠谷清音　165cm × 170cm

朱雅梅
湖北省
泊
138cm × 69cm

朱新昌 上海市 **步行街** 178cm × 171cm

江楓　河北省　黄河之水天上來　123cm × 121cm

江中潮
湖北省
遠古高潔圖
180cm × 60cm

江可群 江蘇省 **母親河** 183cm × 145cm

池沙鸿　浙江省　**新四軍合唱團團員**　176cm × 190cm

湯正庚 江西省 **雨歇空山** 96cm × 179cm

湯集祥 廣東省 **遠寺鐘聲帶夕陽** 122cm × 200cm

祁恩進 江蘇省 **和風麗景圖** 133cm × 120cm

紀連彬 中直 祥雲 185cm × 144cm

文淵閣位於紫禁城內連于
乾隆卅九年是為庋藏
珍貴文獻叢書四庫全書而
建造的殿閣包為兩層樓房
傲寧波天一閣規制樓下通為一
百樓下分為六間取天一生水
地六承之意在防火文淵閣在建築
上別具特色屋脊聯剖為海水
龍紋圖案閣為列全水河
之為寧涼而過一為裝飾同時
更象徵著以水攻火的含義
文淵閣屋頂採用黑色琉璃瓦
讓孫色連搨中國五行相克之說
亦有黑象水水克火之意在紫禁
城一片黃色殿頂當中顏頗
別致四庫全書分別收藏於七處
除此之分迪弖圓明園的文源閣
承德文津閣瀋陽文溯閣鎮江文
宗閣杭州文瀾閣和揚州文滙閣
當年文淵閣造一部今存於台北
紀清遠 繪於京華雙棹齋
歲次甲申孟春

紀清遠
北京市
文淵閣
179cm × 96cm

113

許欽松　廣東省　**雪嶺皓光** 123cm × 123cm

邢少臣
中直
赤壁懷古圖
248cm × 124cm

何首巫
中直
山水
203cm × 123cm

冷旭　遼寧省　故土　191cm × 178cm

吴扬　浙江省　我們贏了　128cm × 132cm

風來樹起舞

風來樹起舞而過巒生千雲外坐看水陌万花堆乙雨燃在中國畫研究院寫於北京戴月萬峰草堂吳迅

吳迅　中直　風來樹起舞　177cm × 142cm

吴冠南
江蘇省
花鳥精神
134cm × 65cm

吴勇军
中直
岩壑清音
250cm × 145cm

宋豐光 張錦平 山東省 **秋日物語** 180cm × 185cm

張喆　河北省 **溪過北嶺** 180cm × 191cm

張文江　河南省　第二水平面　182cm × 142cm

張立柱　陝西省 **故土彩夢** 152cm × 190cm

張華勝　浙江省　**梯田** 116cm × 105cm

張宏偉　山東省　**農科新片進山來**　194cm × 180cm

張純彦 山東省 農家正午 145cm × 125cm

張谷良　浙江省　**新曲水流觴圖**　180cm × 157cm

張建中
甘肅省
隴上行之一
180cm × 96cm

張金武　黑龍江省　**鍾馗夜巡圖**　189cm × 181cm

張復興　中直　**煦煦秋風拂太行** 200cm × 145cm

張春新
重慶市
家鄉的龍門陣
136cm × 68cm

張海東 黑龍江省 **十月** 192cm × 181cm

張真愷 浙江省 **故園秋色** 123cm × 123cm

張素玉 河北省 **尋踪** 141cm × 110cm

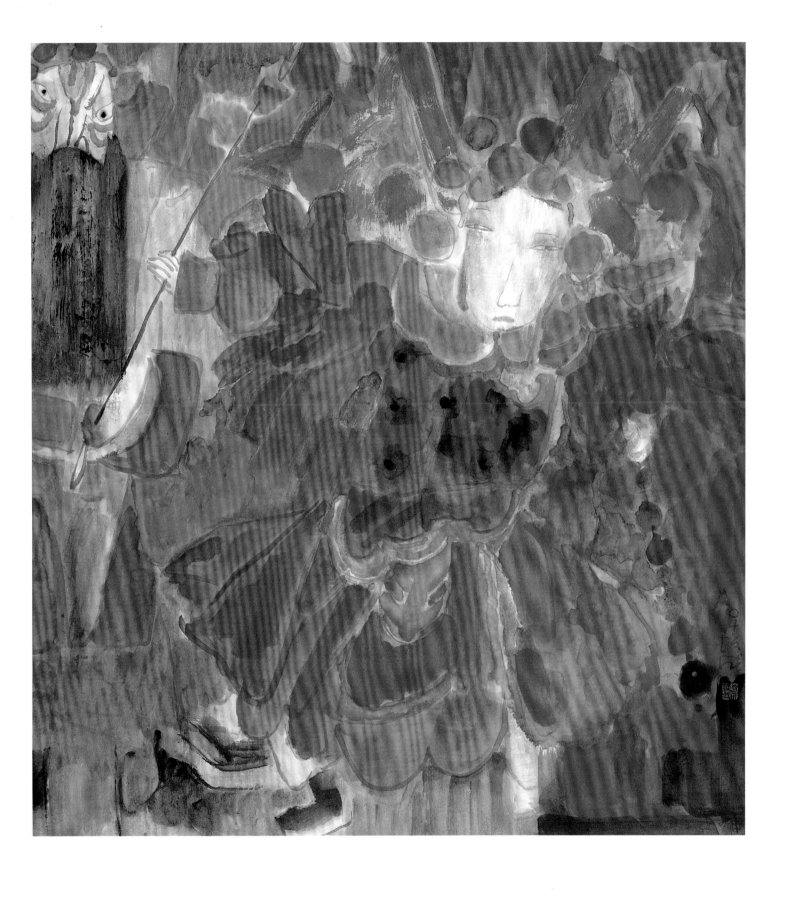

張培成 上海市 **楊門女將** 97cm × 90cm

張鴻飛 中直 **雲飄塞外** 190cm × 140cm　　　張雷平 上海市 **高秋飛雁** 130cm × 190cm

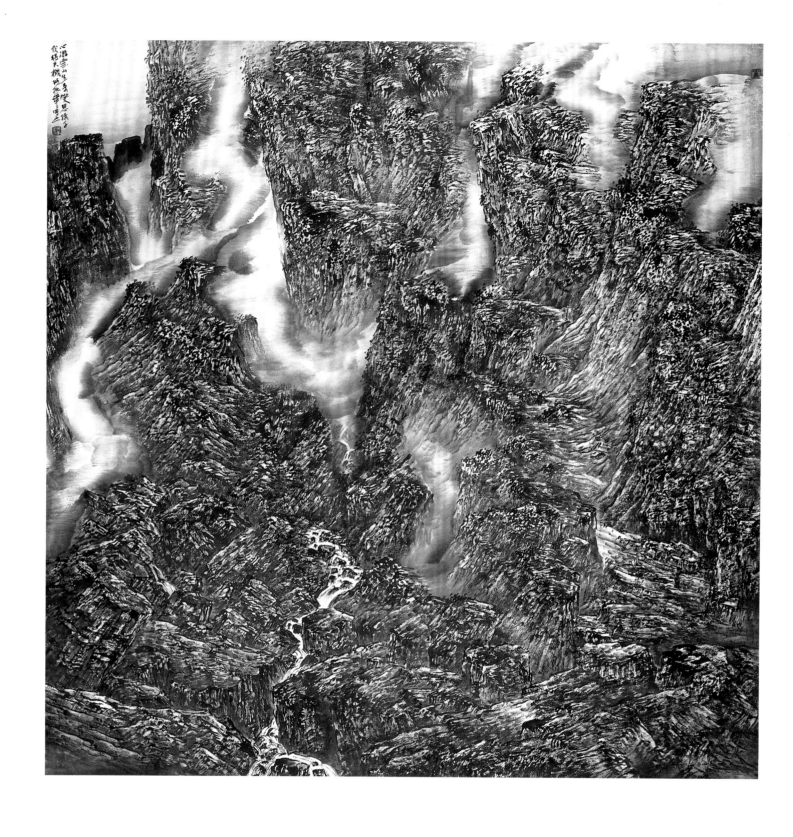

時振華 山東省 **山水** 195cm × 195cm

李偉　甘肅省　瑪沁記憶　144cm × 183cm

長街過客

李灼
新疆
長街過客
137cm × 69cm

李濤　河北省　**春暖池塘淡淡風** 143cm × 110cm

李才根
陝西省
雲游而動
139cm × 67cm

李鳳龍　湖南省　**元氣淋灘演妙池**　183cm × 145cm

李白玲

重慶市

日高一湖景

179cm × 96cm

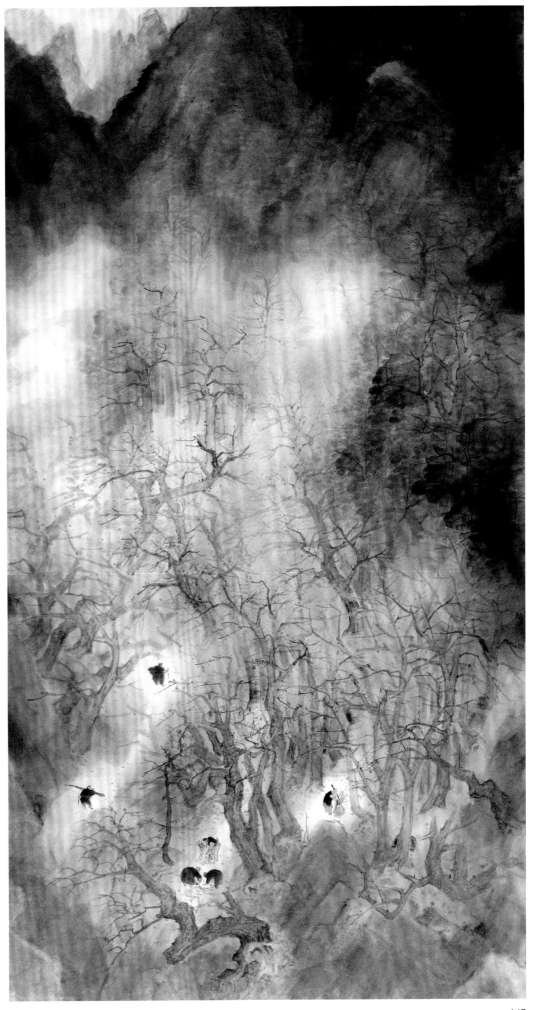

李勁堃
廣東省
伐薪者
180cm × 97cm

执卷图甲申年八月运江写意於郑州北隅大方堂灯下并记之

品茗图甲申年秋月运江写意於郑州北隅大方堂灯下并记之

弄墨图甲申年六月运江写意於郑州北隅大方堂灯下并记之

就菊图甲申年秋月运江写意於郑州北隅大方堂灯下并记之

李運江 河南省 **梅、蘭、竹、菊** 136cm × 34cm × 4

李學明 山東省 **松蔭** 254cm × 192cm

二〇〇五·留守营

四月是牲畜交易之春起色北国至于此
四邑名留守营 身处季节稻思否
四邑金黄压枝 我冀东之北闽江雨
乙酉孟夏晓柱原书画此作东市一斑也

李曉柱
天津市
二〇〇五·留守营
163cm × 96cm

150

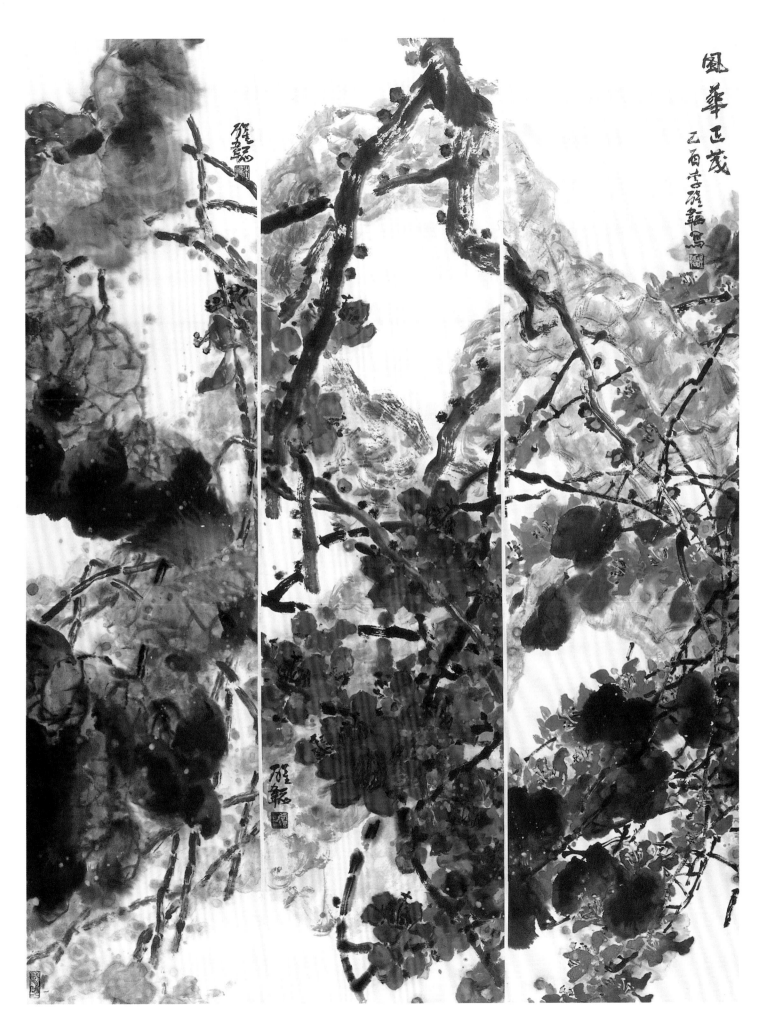

李醒韜 廣東省 風華正茂 182cm × 146cm

杜覺民
浙江省
戲臉
320cm × 142cm

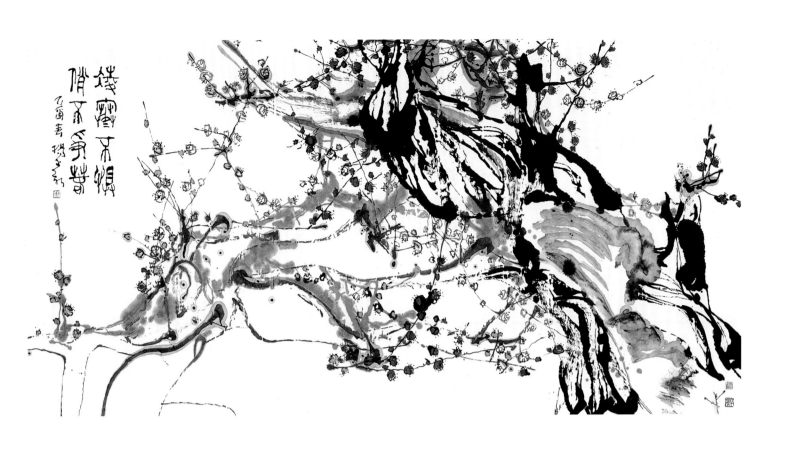

楊正新 上海市 **凌寒不懼 俏不爭春** 123cm × 246cm

楊光利 陝西省 **美麗草原我的家** 177cm × 152cm

楊宏偉 福建省 **留住春光** 168cm × 168cm

楊金星
江西省
阿妹子
152cm × 80cm

楊曉剛
山東省
聖夢
200cm × 125cm

楊涪林 重慶市 **秋趣** 162cm × 162cm

楊耀寧
江蘇省
銀山月印
165cm × 96cm

沈文江 廣東省 **春風還綠** 138cm × 150cm

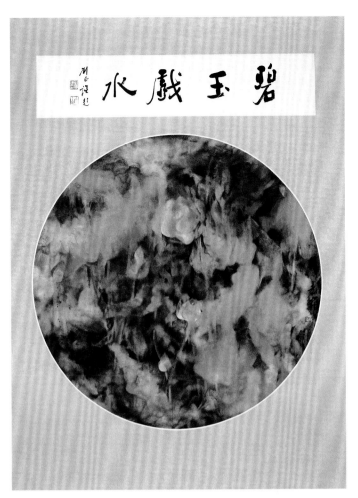

碧玉戏水

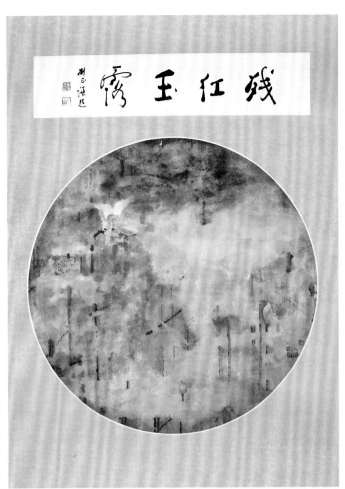

残红玉露

暗香浮动

月晓风清

沈利萍　宁夏　**荷塘清韵系列**　168cm × 79cm × 4

肖金鐘 北京市 **山葡萄** 69cm × 105cm

谷愛萍 河北省 **母與子** 44cm × 48cm

邵飛 北京市 **山海經傳奇** 118cm × 180cm

陸佳 廣東省 **水墨都市空間（一）** 106cm × 136cm

陈子
福建省
惠女花雨
142cm × 70cm

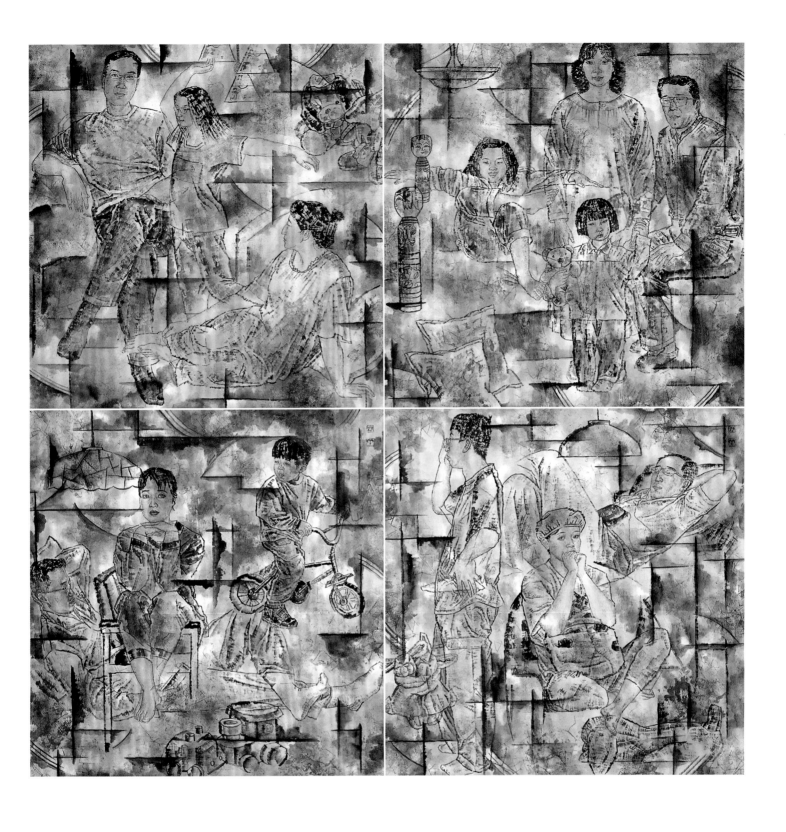

陳揚　黑龍江省　**回家的感覺**　181cm × 180cm

陈罡 江西省 **时装秀** 193cm × 180cm

陳起 重慶市 **野谷** 190cm × 180cm

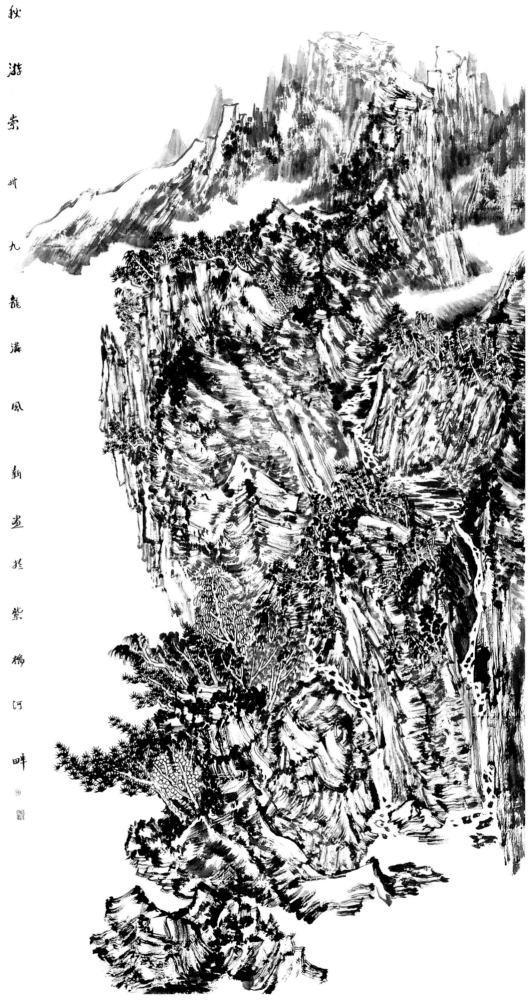

秋游崇州九龍溝風新�於紫frame河畔

陳風新
中直
秋游崇州九龍溝
180cm × 96cm

陳玉蓮　廣東省　**綠巷**　180cm × 170cm

陳白一　湖南省　**赶集歸來**　68cm × 68cm

陳軍生　湖北省　**蒼蒼萬木烟雨中** 145cm × 141cm

174 　　　　陳政明 廣東省 慶豐年 178cm × 126cm　　　陳映欣 廣東省 嶺上多白雲 180cm × 135cm

175

狙击手歲在乙酉正良製步穗

周正良
廣東省
狙擊手
180cm × 110cm

周京新　江蘇省　**路—1**　120cm × 120cm

周明明 浙江省 **墨紫藤** 192cm × 183cm

周俊煒　江蘇省　**大巴扎**　202cm × 160cm

周玲子 湖南省 **秋凉** 110cm × 83cm

周清波

河南省

秋雨過太行

136cm × 68cm

杭法基 安徽省 **魔力系列七號・古堡** 200cm × 200cm

林月光
廣東省
茶鄉細雨
155cm × 76cm

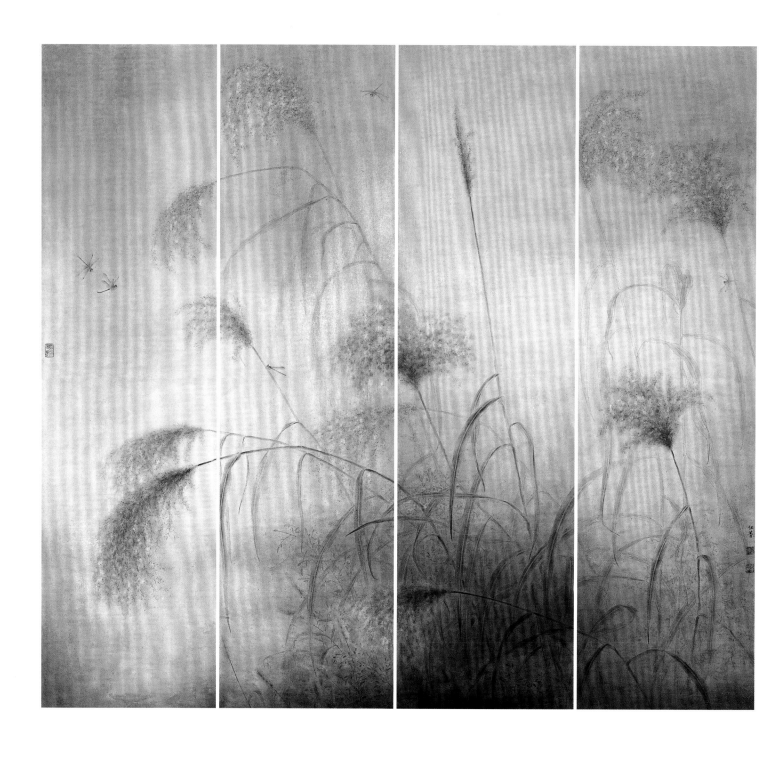

林任菁　福建省　**湖畔清夢**　197cm × 197cm

枯了芭蕉 紅了天竺

歐陽倩畫

歐陽倩
浙江省
枯了芭蕉 紅了天竺
180cm × 92cm

武欣
天津
芳華
139cm × 64cm

郑强
廣東省
商業街上的時裝秀
145cm × 78cm

山雨欲来
新春下乡腾来画
桂西山雨
军里

鄭軍里　廣西省　**桂西山雨** 66cm × 136cm

鄭林生　湖南省　**苗嶺情話** 95cm × 80cm

鄭雅風 福建省 **綠風** 127cm × 120cm

娜乌拉 新疆 **草原蝴蝶** 50cm × 65cm

柳作超 湖南省 **曲徑通幽** 90cm × 125cm

段朝林　河北省　**青城集賢圖**　136cm × 135cm

胡寧娜　江蘇省　聽春圖　133cm × 132cm

武陵山色任天成 二仟零伍年夏月張家界之山歸來長沙胡立偉画於寫韻楼

胡立偉 湖南省 **武陵山色任天成** 123cm × 123cm

胡應康

中直

山水清音

235cm × 108cm

賀成　江蘇省　**牧歌** 96cm × 90cm

知者智
自知者明
勝人者力
自勝者強
人生貴在
長相知
人生展示
一場戲
勤慎誠樸
聖足樂
知足樂
源遠流長
龍馬
坤

趙華勝 遼寧省 **戲劇人生** 166cm × 136cm

趙名釜
江蘇省
雲山圖
180cm × 96cm

恬静
乙酉年庐
承鑫

趙建成　中直　塬上　200cm × 145cm　　　　趙承鑫　河北省　恬静　96cm × 180cm　　　201

　趙治平　江蘇省　**金秋神韵** 179cm × 183cm

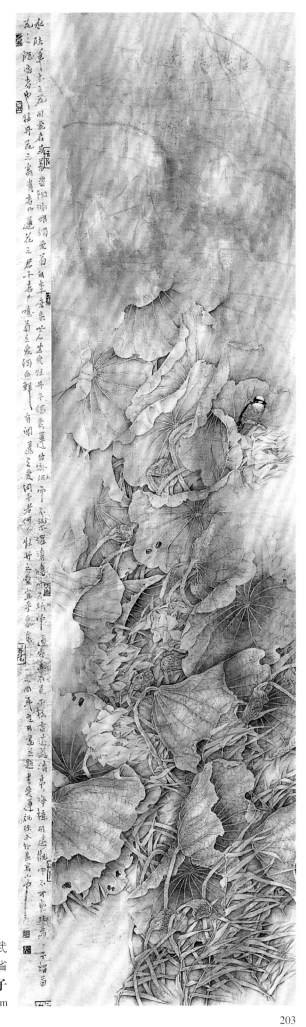

趙經武
吉林省
風中仙子
234cm × 66cm

唐明生 廣東省 **淺水驕陽** 166cm × 166cm

夏恩智 黑龍江省 **對話系列** 68cm × 137cm

206　　夏曉龍 江蘇省 **陽光下探戈** 137cm × 137cm

徐冬青　中直　**繁花之上**　146cm × 131cm

徐啓雄　浙江省　**塬上有泉**　96cm × 76cm　　　徐若鴻　安徽省　**清凉世界**　180cm × 143cm　　　209

耿奇 陕西省 **寒塬** 178cm × 146cm

莫曉松　北京市　**秋來猶有殘花觀**　164cm × 65cm × 2

袁進華 浙江省 **回到延安** 200cm × 200cm

賈浩義　北京市　**巴特爾**　97cm × 180cm

郭子良 廣東省 **蒼生** 180cm × 180cm

郭寶君
北京市
雪霽
211cm × 99.5cm

郭明堂 河北省 **壁崖山居圖** 145cm × 182cm

錢文觀　貴州省　**注定的淹没**　124cm × 123cm

高民生 陕西省 **康巴漢子** 136cm × 178cm   高金龍 雲南省 **寨影** 113cm × 80cm

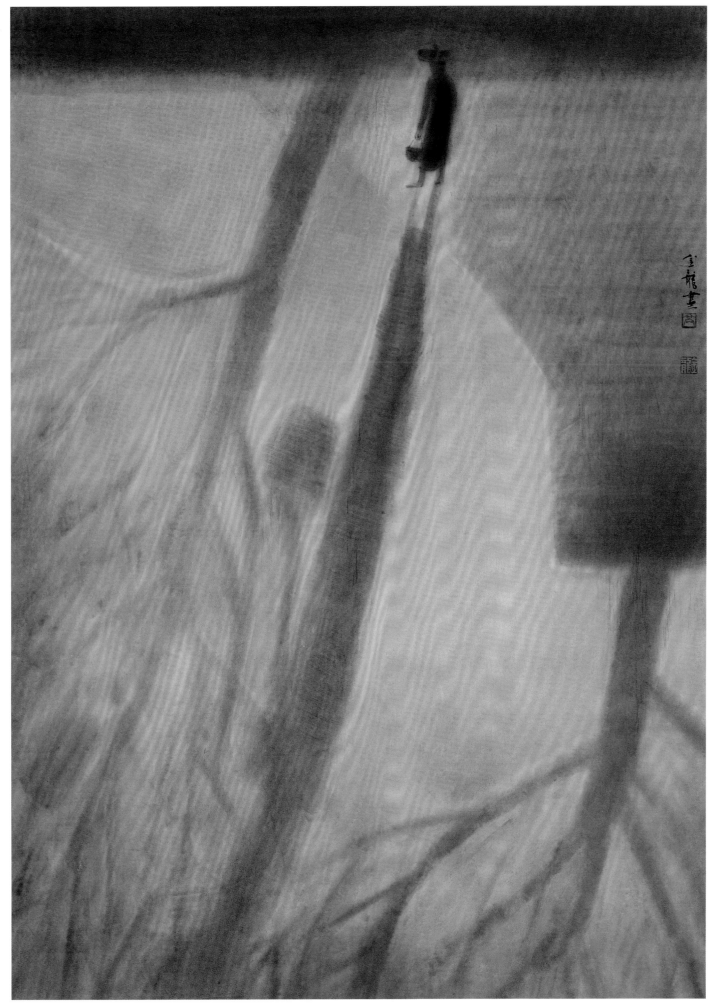

高洪嘯 江蘇省 **滇之樂** 188cm × 150cm

崔見
江蘇省
風景 2005 年 4 月
180cm × 90cm

221

崔躍 廣東省 **拉毛吉與珠瑪** 180cm × 180cm

崔强　河北省 **寒林健影** 110cm × 140cm

崔振宽
陕西省
山水
180cm × 91cm

曹文海　甘肃省　**秋揽高阳**　186cm × 141cm

曹香濱 黑龍江省 **北方家園** 204cm × 191cm

梁銓　廣東省　**向倪雲林致敬** 70cm × 90cm

梁占岩 中直 **都市天空** 181cm × 214cm

梁永贵

宁夏

青藏情

137cm × 90cm

229

梅德君 廣東省 **落暮飛霞** 178cm × 190cm

蕭海春　上海市　**身在烟翠中**　178cm × 192cm

雪島 福建省 **凝露** 199cm × 173cm

黃國武　廣東省　**焦點·經典（之四）**　200cm × 200cm

黄澤森 廣東省 **草原之晨** 165cm × 124cm

黄耿辛　河北省 **春雨** 126cm × 160cm

黄唯理
廣東省
風和日暖
183cm × 69cm

蒼林叠嶂

時在乙丑
初春月師
古常主人
於山青
曾先國畫

曾先國
山東省
蒼林叠嶂圖
245cm × 125cm

曾來德
中直
祁連山進游圖
196cm × 104cm

程建 遼寧省 **早春** 143cm × 178cm

泉清林影見

舒建新
中直
泉清林影見
182cm × 97cm

董振懐
河北省
希望山村
190cm × 110cm

董繼寧　湖北省 **峥嵘歲月大別山** 170cm × 148cm

神農架之箭竹
六十年
一枯荣
生命也
上开花
结籽诱
其後代
倒以防
物�}代
为後代
古住地
盘}列
三年後
新竹长
戒植物
尚如光
人類羞
纯不保
住方才
之地晶
與後世
手孫抖
甲仰}平
少呂忠
有威而
作箭竹
頌

蒋昌忠
湖北省
箭竹頌
196cm × 124cm

黄河從這裏流過

山西河曲黄河边的村庄用黄土盖起的房和挖出的窑洞这儿和谐。逐渐摆脱靠天吃饭的日子而真正实现小康社会有些時日無。黄河之力的村庄用黄土盖起那样的浪漫气好地们正在期勤勞横溪向农民。

謝志高
中直

黄河從這裏流過
138cm × 69cm

244

謝曉虹　湖北省　**痕迹——冰心、丁玲、張愛玲**　190cm × 200cm

韓學中　河南省　**時尚地帶**　178cm × 187cm

滿維起　中直　**春風春雨**　200cm × 190cm

裘辑木 中直 **花鸟** 119.5cm × 122.5cm

詹庚西
中直
大吉圖
138cm × 68cm

翟東奇
河南省
吉祥的日子
214cm × 126cm

蔡葵
中直
輕風吹過的時候
180cm × 140cm

蔡超 江西省 **大柏地** 204cm × 143cm

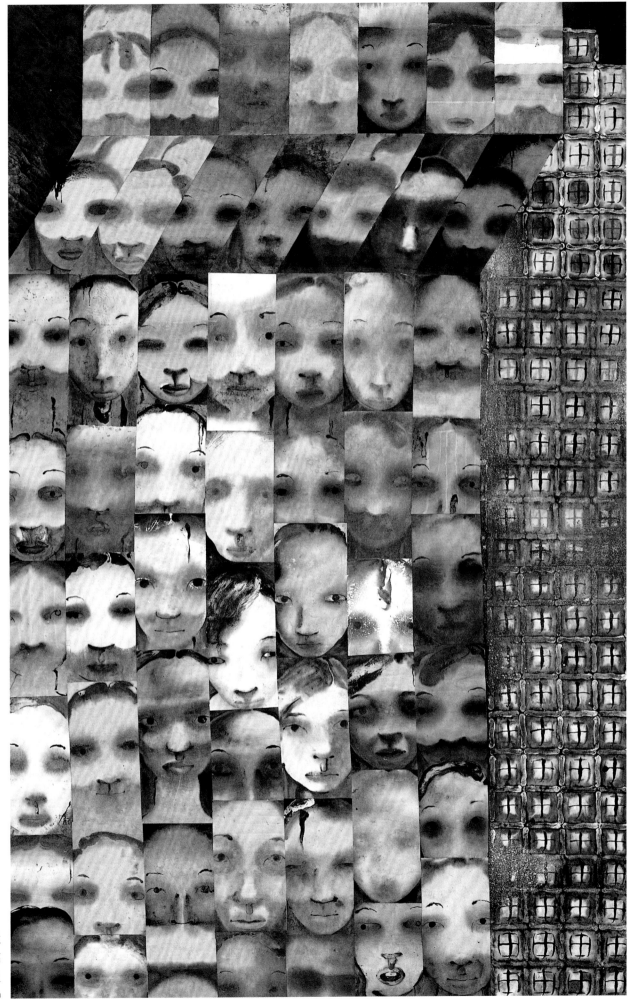

蔡廣斌
上海市
窗・重復與陌生
240cm × 151cm

譚紅 重慶市 **2005．夏之一** 99cm × 97cm

譚乃麟　山東省　天籟　200cm × 180cm

256

樊楓　湖北省　**梅水**　206cm × 143cm　　　　　　　樊洲　陕西省　**山水**　91cm × 180cm　　　　　　257

唐人馬球圖

馬球亦稱擊鞠乃古之體育運動盛行於唐代鞠為木球用輕韌之木挖空而成大小如拳之中開空心之球外塗紅色擊球之球提撈擊球杖一端呈半月形正賽持分其衆為兩隊騎上馬共爭擊一球先於球場南立雙桓置板下開一孔網為門再加網為囊能本得鞠者為勝人囊者為樓或兩端對立二門互相排聲各以出門為勝宏海畫并題

258　　戴宏海　浙江省　**唐人馬球圖** 70cm × 172cm

魏廣君　中直　**商山四皓**　200cm × 194cm

魏懷亮 湖南省 讓 159cm × 170cm

魏金修 湖北省 **和風細語** 180cm × 190cm

油畫
作品

丁昆 河南省 **沙窝風景** 50cm × 60cm

毛毳 河南省 **1999.12.11** 130cm × 150cm　　　265

王鋭 海南省 **天倫之樂** 90cm × 130cm

王玉萍　山東省 **盼** 140cm × 120cm

馮曉東　柯如山　山東省　**西部陽光**　120cm × 160cm

葉獻民 廣東省 **早春** 180cm × 140cm

左程 河南省 **蹦极** 200cm × 150cm

左國順 河南省 **晨風** 109cm × 117cm

白鋼 新疆 **古老的歌** 169cm × 159cm

石至瑩　上海市　**寓言·三聯** 80cm × 150cm

劉昕 湖北省 **銀色的樹葉** 92cm × 73cm

孫黎明 新疆 **故鄉的額爾齊斯河** 170cm × 170cm

朱曉果 湖北省 **紫色村莊** 100cm × 82cm　　嚴善錞 廣東省 **西湖尋夢·白堤** 180cm × 120cm

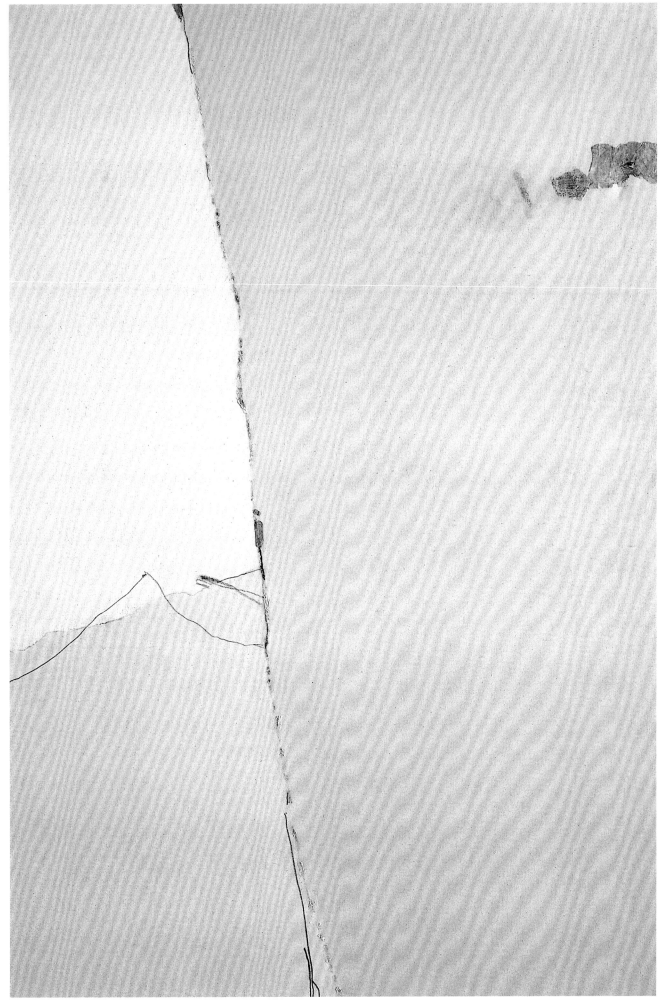

277

何堅寧 廣東省 **漁港印象之八** 150cm × 150cm

吴天華
遼寧省
山村男子漢
198cm × 120cm

吳海鷹 廣東省 **歲月** 90cm × 110cm　　　　張小琴 陝西省 **基** 61.2cm × 45.8cm

張正剛 上海市 **虛擬空間** 162cm × 130cm

張國利
河北省
那片雲
147cm × 110cm

張淮軍 河南省 **生靈系列之五十八** 140cm × 160cm

李衛國 甘肅省 **遠去的記憶** 116cm × 89cm

李宗海　湖北省 **金色的秋季** 172cm × 90cm

李新銘
山西省
風光無限
200cm × 100cm

杜曉東 黑龍江省 **陽光地帶** 160cm × 180cm

楊明清　湖北省　**畫室中的風景**　140cm × 110cm

肖傳斌 湖北省 **洗面盆·鏡子** 80cm × 150cm

邱瑞敏 上海市 **陽光下的村落** 160cm × 140cm

阿曼 新疆 **喜悦** 60.5cm × 80cm

阿不都西庫 新疆 **哈密闊克麥西來甫** 81cm × 100cm

陸馳 廣東省 **夏至** 110cm × 146cm

陳永生　河南省　**落日余辉**　180cm × 140cm

陳君凡　湖北省 **川江古道** 90cm × 172cm

陈和西　湖南省　**山顶上的土地** 42cm × 42cm

周小愚 湖南省 **埂上** 100cm × 100cm

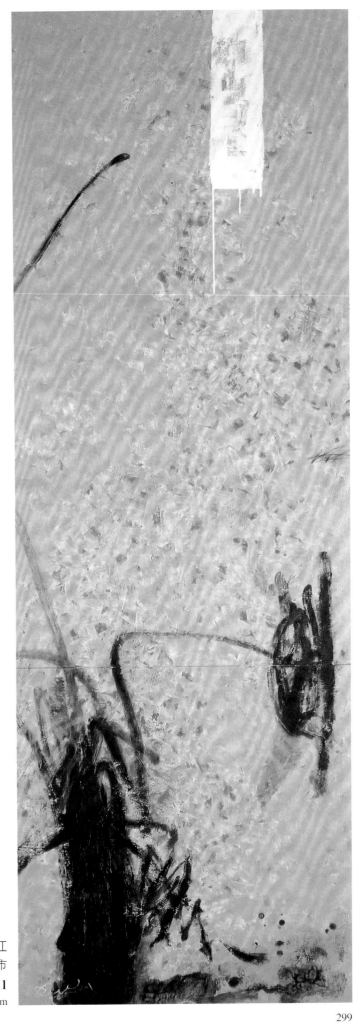

周長江
上海市
互補 .2004.1
304cm × 103cm

岳忠亮　黑龍江省　**都市興奮**　177cm × 191cm

林永康 廣東省 **白墙** 142cm × 142cm

俞曉夫
上海市
抗日戰争·三聯
160cm × 150cm

姚鐘華　雲南省　**別了！怒江** 94cm × 184cm

胥肇平 甘肃省 **隴中印象** 80cm × 100cm

趙風雲 河北省 夢園 110cm × 148cm

徐龍吉 吉林省 **神曲** 45.8cm × 65.4cm

恩廣智　甘肅省　**香巴拉牧人**　130cm × 162cm

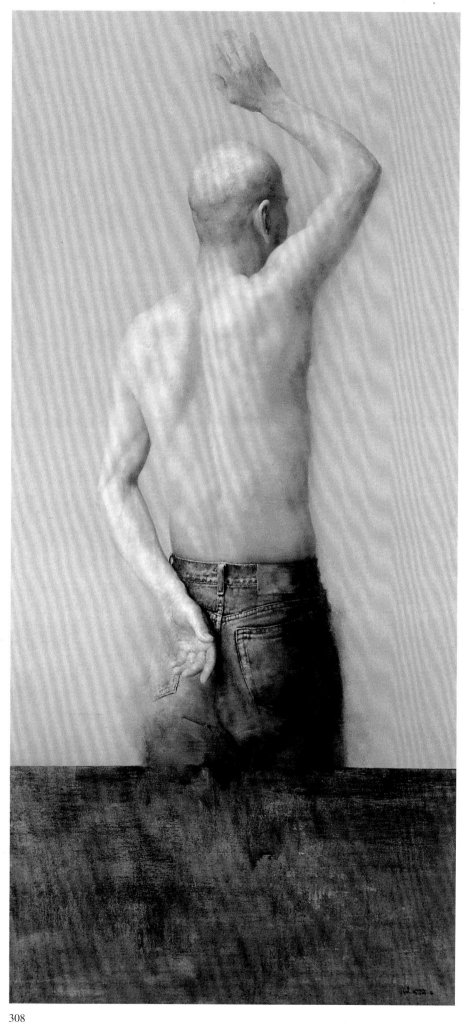

殷雄
上海市
向遠方揮手的男人
185cm × 100cm

崔峻 吉林省 墟 100cm × 80cm

曹新林 河南省 **老村長** 100cm × 80cm

黄建新　新疆　**遠逝的山村**　97cm × 145cm

黄英浩 上海市 **練習曲** 100cm × 70cm

曾曉峰 雲南省 山水芭蕉電鋸圖之一 200cm × 130cm

314　　　　　　　　　　　　韓君　甘肅省　**走進香巴拉**　140cm × 140cm

賴征雲　廣東省　**好一朵美麗的茉莉花** 148cm × 120cm

廖劍華 廣東省 **老區情** 122cm × 92cm

潘偉超　湖北省　**風景**　50cm × 60cm

部分藝術委員會委員
作品

馬國強 河南省 晨風 105cm × 95cm

方照華　河南省　**淮陽春雪**　156cm × 166cm

王迎春
中直
牧女
138cm × 68cm

開元古塔
甲申
龍瑞

龍瑞
中直
青山自是饒骨奇
180cm × 96cm

劉斯奮　廣東省　**新權力女性**　136cm × 136cm

李延聲 中直 **人物** 154cm × 126cm

姜寶林 中直 **高山村寒** 87cm × 97cm

施大畏 上海市 **高原的雲** 200cm × 190cm

趙緒成　江蘇省　**飛天**　97cm × 180cm

董曉明 廣東省 **墨荷 05007-3 水墨絹本** 66cm × 94cm

天下事 紀念鄧小平同志誕生一百周年 〇四年韓碩作於滬上

韓碩 上海市 **天下事** 100cm × 90cm

圖版目錄

图书在版编目(CIP)数据

第三届全国画院优秀作品展览集／中国画研究院编 .
郑州：河南美术出版社，2005.12
ISBN 7-5401-1429-0
Ⅰ.第… Ⅱ.中… Ⅲ.中国画—作品集—中国—
现代 Ⅳ.J222.7
中国版本图书馆 CIP 数据核字（2005）第 147709 号

书　　名　第三届全国画院优秀作品展览集
作　　者　中国画研究院
责任编辑　文　晓　张之强
出版发行　河南美术出版社
地　　址　郑州市经五路 66 号
电　　话　(0371)65727637
传　　真　(0371)65737183
印　　刷　郑州新海岸电脑彩色制印有限公司
开　　本　940mm × 1240mm　1/16
印　　张　21.75
印　　数　1-3000 册
版　　次　2005 年 12 月第 1 版
印　　次　2005 年 12 月第 1 次印刷

书　　号　ISBN 7-5401-1429-0/J · 1315
定　　价　368.00 元